DIVERSES POÉSIES

PAR PHILIPPE D'ARBAUD-J...... *Arlegen*

Publiées au Profit

DES ORPHELINES DU CHOLÉRA

ADMISES

AUX ÉTABLISSEMENTS DE BIENFAISANCE DE LA VILLE DE MARSEILLE,

AVEC NOTES.

MARSEILLE

CHEZ LES PRINCIPAUX LIBRAIRES.

—

1855

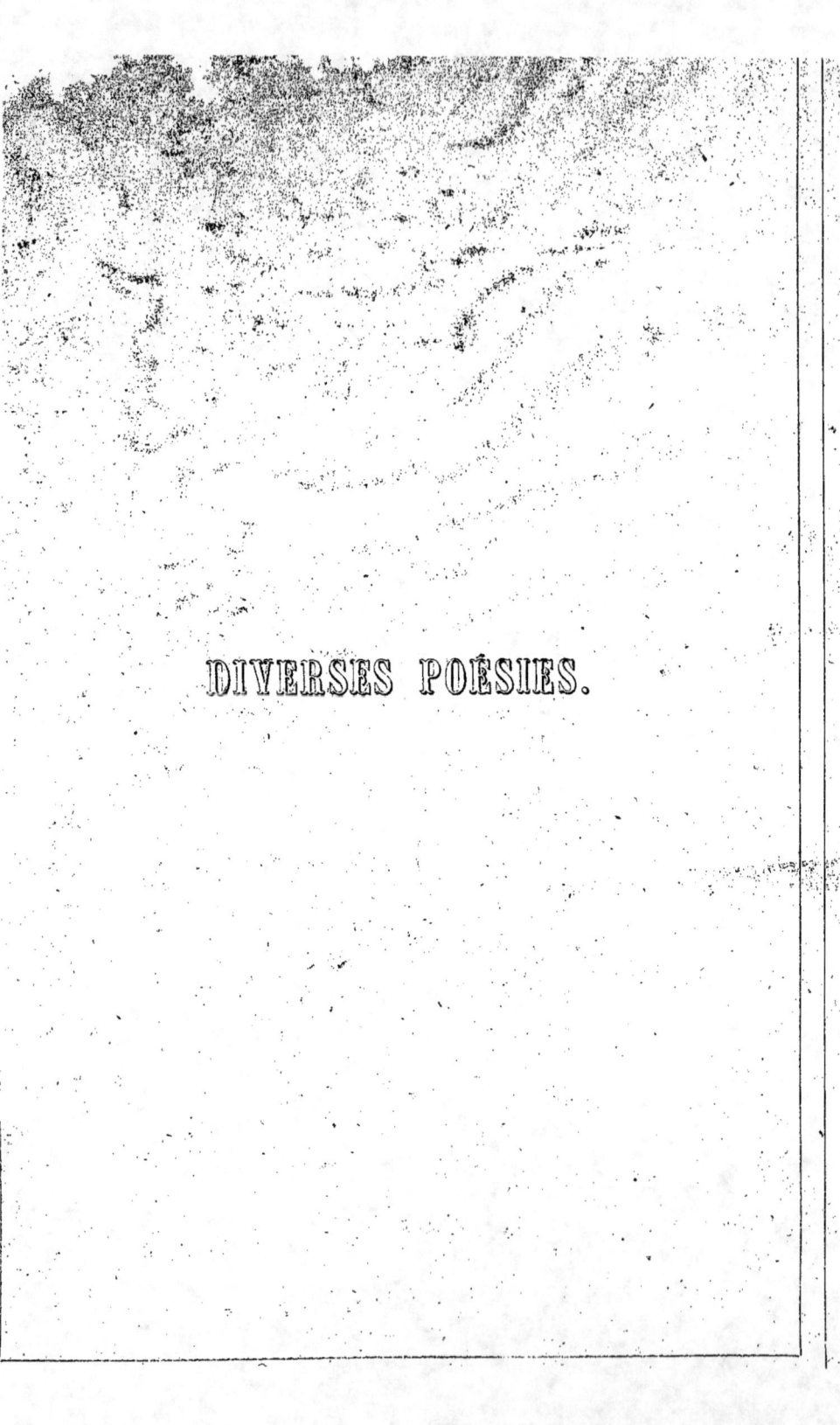

DIVERSES POÉSIES.

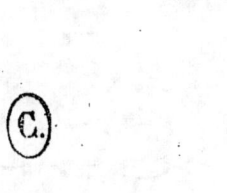

DIVERSES POÉSIES

PAR PHILIPPE D'ARBAUD-J..... *ouques.*

Publiées au Profit

DES ORPHELINES DU CHOLÉRA

ADMISES

 ÉTABLISSEMENTS DE BIENFAISANCE DE LA VILLE DE MARSEILLE,

AVEC NOTES.

MARSEILLE

CHEZ LES PRINCIPAUX LIBRAIRES.

—

1854

AU LECTEUR.

ᴄᴇꜱ poésies, composées par l'auteur, à différentes époques de sa vie, auraient vu le jour plus tard, sans son désir d'apporter quelques secours matériels à l'Humanité malheureuse. Pendant qu'il les transcrit, un fléau destructeur poursuit ses ravages. Nous passons si rapidement sur la terre que nous ne saurions trop nous hâter de faire le bien.

Marseille, le 20 juillet 1834.

LE TRIOMPHE DE LA POÉSIE.

I

LA COURONNE.

○

IMMOBILE terreur des peuples et des rois, (*)

Capitole, d'où vient, quand les airs s'obscurcissent,

Que mes genoux tremblants, sur ton sommet, fléchissent

Et qu'une horreur divine intercepte ma voix ?

(*) Du côté opposé au *campo vaccino*, ou l'ancien *Forum*, le terrain a conservé son niveau et le Capitole toute sa hauteur. L'Eglise de *Santa-Maria ara cœli* y occupe la place du Temple de Jupiter-Capitolin ; c'est le lieu dont il s'agit. La partie du Capitole qui porte, aujourd'hui, ce nom, située au bas de la *Scalinata*, est l'ancienne *Curie*, lieu où le Sénat s'assemblait.

Triomphateurs du Monde, oui, debout je vous vois.

Les grands bœufs du Clitumne, en avançant, mugissent,

Les chars, d'armes chargés, en montant retentissent,

L'encens, les cris, la trompe annoncent vos exploits.

Tout s'efface. Un vainqueur, assis et pacifique,

Vient, foulant les débris de la Fortune antique.

Des muses j'entends l'hymne et reconnais les pas.

C'est Pétrarque. Il me dit : « La plus belle couronne

» N'attend point qu'un héros revienne des combats.

» Le poète la prend, car c'est lui qui la donne. »

II

L'ÉPREUVE.

RÉCLUSION DU TASSE.

Sur une verte plage, où la brise odorante
Parcourt, en se jouant, des orangers en fleurs,
Tasse naquit. Bientôt tu le vois, ô Sorrente, *
Fuir, enfant, vers les cours, et chercher ses malheurs:

* Prononcez, en français : *Sorrante*.

Ferrare ! port fatal de sa jeunesse errante,
Les élans du génie et ses vives ardeurs
Pour toi sont un délire. Une tourbe ignorante
Fait tant que la Mort vient, avec tous ses honneurs.

Chantre heureux! que devint près d'hommages sans nombre
Un songe fugitif ou bien plutôt, son ombre,
La vie et de tes fers le méprisable affront ?

Moi, j'irais, par des pleurs outrager ta mémoire !
Si ton noble laurier devait ceindre mon front,
De tes calamités, j'achèterais ta gloire.

III.

LA LANGUEUR.

Q

LE POÉTE ET LES MUSES.

(Étude Antique).

LE POÈTE.

Dans cette solitude, où j'exhale ma plainte,
Muses, c'est donc par vous que je suis visité !
Que je sois, de vos soins, dans ma peine assisté !
Soulagez les tourments dont ma vie est étreinte !

LE CHŒUR.

Misérable ! à nos mains remets la lyre sainte.

D'un siècle corrompu subis l'autorité.

Voilà que, sur ton front, aujourd'hui, sans fierté,

D'une céleste ardeur la flamme s'est éteinte.

LE POÈTE.

Eh ! bien, d'un dieu vengeur désarmez le courroux.

Il vous écoutera, car chacune de vous,

En dépit de Latone, est sa sœur immortelle.

LE CHŒUR.

Nous pourrons le fléchir, mais promets qu'aujourd'hui,

Les sons, tirés par toi d'une corde nouvelle,

Seront ces chants pieux qui sont dignes de lui.

MÉLODIES.

INVOCATION A LA MÉLODIE.

DESCENDS, ô Mélodie, arbitre de la lyre !

Ce pouvoir dont tu sçus charmer les tristes morts,

    Que ferai-je, s'il ne m'inspire,

Qu'égarer, au hasard, d'inutiles accords ?

La Nuit ne traîne, au ciel, que ses plus faibles voiles,

    Et son char n'est point avancé.

    Quitte, d'un vol sur les airs balancé,

Le pôle, étincelant d'innombrables étoiles.

    C'est toi! Des sons délicieux

Rappellent au bonheur mon âme languissante.

    J'éprouve une ivresse croissante,

    A tes accents, fille des cieux.

Mes accords vont les suivre et, dans la nuit tranquille,

Sept tons vont, tour à tour s'éveillant à ton choix,

    Vibrer, sous l'ivoire mobile.

    Mais déjà ta divine voix

    Par mon oreille est vainement cherchée.

A ma plus faible main, des enfers approchée,

Un bruit jaloux répond et gronde sous mes doigts.

    L'hymne l'emporte. Le tonnerre,

    Mélodie, a connu tes lois.

Prends ma main droite : allons! Oui, je vole et je vois

Régner l'ordre et la paix, au-dessus de la terre.

Que m'importe, avec toi, dans ces champs spacieux,

    Que, si loin, par d'occultes feux,

    La terre tremble, épouvantée,

    Et la mer frémisse, agitée?

    L'ordre, ici, règne dans les cieux.

MÉLODIE I.

ÉTUDE ANACRÉONTIQUE.

La Rose.

(1836.)

Chantons, au retour du zéphire,
L'année et ses nouveaux présents.
Fraîche rose, viens sur ma lyre ;
Viens respirer dans mes accents.

Dès la fuite de mon aurore,

J'osai retracer ta beauté.

Ma jeunesse ose plus encore

Et dira ton sort enchanté.

Hébé t'effeuille, sur ses traces;

Mais, disposée en frais feston,

Tu formes, sous la main des Graces,

La couronne d'Anacréon.

Au souffle pur qui te caresse,

S'entr'ouvre ton tendre incarnat.

Bientôt l'amoureuse déesse

En pare son sein délicat.

Des fleurs ô la plus fortunée,

Le doux printemps est sous ta loi.

Que les plus beaux jours de l'année

S'embellissent encor par toi!

Le matin, lorsque la nature
Sourit, dans toute sa fraîcheur,
De tes feuilles, sur la verdure ;
Berce l'odorante rougeur.

Le soir, parfumant, sous la treille,
Et l'allégresse et le bon vin,
Garde encor ta robe vermeille ;
Sois reine encor jusqu'au matin.

MÉLODIE II.

La Nuit.

°c0o°

Le repos est délicieux,

Sur l'herbe qui n'est pas foulée,

Près d'un bois sombre, quand, des cieux,

La nuit règne sur la vallée;

Et, quand le feuillage du bois
Repose, oh! quel plaisir d'entendre
Philomèle, exerçant sa voix
Folâtre, et puis plaintive et tendre!

Des garçons, des filles chéri,
Vesper, c'est toi qui, solitaire,
Trembles, sur l'azur assombri,
Signalant l'heure du mystère.

A mes pieds, quel rayon nouveau
Éclaire et bleuit la verdure?
La lune luit, sur ce côteau,
Et vient rassurer la nature.

Je voudrais, ici, t'écouter,
De la nuit voix mystérieuse.
Je voudrais, ici, méditer,
Lune, à ta lumière douteuse;

Mais, en un vague et doux penser,
Ma raison s'en va, convertie,
Et le sommeil vient se glisser
Sous ma paupière appesantie.

Couverts d'un voile, je vous voi,
Pré transparent, douce lumière...
Le sommeil s'empare de moi...
Il ferme déjà ma paupière.

MÉLODIE III.

○

Le Lever du Soleil.

⋯⋯

Toi qui vas, à l'onde du bois,
Porter, matineuse, l'amphore,
Jeune fille, viens à ma voix,
Allégeant ton front de ce poids,
Sur ces bords, admirer l'aurore.

Ressens-tu le léger zéphir

Qui berce doucement la plante?

La fleur lui demande un soupir

Et lève, exprimant son désir,

Sa corolle humide et tremblante.

L'aurore est le règne des fleurs.

Vois comme sa jeune lumière

Pare le ciel de leurs couleurs.

Respire leurs douces odeurs

Qui la suivent, dans sa carrière.

Entends, de ses anciens revers,

Se plaindre Alcyone fidèle.

L'aurore pâlit, dans les airs,

Et déjà ne teint plus ces mers,

Dont tout l'horizon étincelle.

Un rayon, du haut des forêts,
Dore ces liquides campagnes.
Pêcheurs, je ne vois point vos rets.
De la pêche où sont les apprêts?
Le soleil est sur les montagnes.

MÉLODIE IV.

○

Bacchanale.

(Étude Antique.)

Quelle fureur nouvelle
S'empare de mes sens ?
Des bacchantes m'appelle
La corne aux longs accents.
Allons ! Que, pour parure,
Du pampre la verdure

Couronne mes cheveux !

Oui, je veux, plein d'audace,

Suivre, à mon tour, la trace

Du plus charmant des dieux.

Troupe aimable et lascive,

Où me conduisez-vous ?

Sur quelle aimable rive,

Dans quels lieux sommes-nous ?

Est-ce aux lieux où ta fête,

Père du vin, s'apprête,

Que nous sommes venus ?

Oui, déjà je contemple

Vers la colline, un temple

Et des bois inconnus.

Déjà le temple s'ouvre

Appelant les buveurs,

Et le gazon se couvre

De tes bonnes faveurs.

Les outres sont portées,

Les cymbales heurtées.

A leur sonore bruit,

Tout un peuple s'empresse,

Par la vive allégresse

A ton autel conduit.

Coule, jus de la treille,

Des outres délivré.

Rougis, liqueur vermeille.

Brille, nectar doré.

Que les tables dressées,

Étroitement pressées,

Demeurent en repos.

Faunes, montez, par troupes,

Et versez, dans nos coupes,

Le Cassis, à grands flots.

Iô! Fils de Sémèle, [1]

Que fais-tu donc, aux cieux?

Viens ! Qu'au banquet se mêle

Le plus charmant des dieux !

Viens, père des oracles,

Viens, père des miracles,

O Bacchus ! ô Bacchus !

Voir ton pouvoir suprême,

Dans le prêtre lui-même

Qui ne se soutient plus.

Vois, père, vois les tables,

Sur deux pieds chanceler,

Et tes brocs délectables,

Sur le gazon rouler.

Iô ! Partout le trouble

Et s'étend et redouble.

Ah ! la ménade, enfin,

Sous ton pouvoir succombe.

Tables, buveurs, tout tombe

Dans des ruisseaux de vin.

NOUVELLE MÉLODIE.

○

Le Convalescent et la Rose.

(1854.)

L'HIVER, désormais, se retire.
La rose a récréé mes sens.
Qu'avec joie, enfin, je respire,
Fraîche rose, ton doux encens!

Laisserai-je, quand la nature
S'éveille, en toute sa fraîcheur,
De tes feuilles, sur la verdure,
Errer l'odorante rougeur ?

Craindrai-je ta branche épineuse,
Quand, de ravir ton incarnat,
La jeune vierge, désireuse,
La brise d'un doigt délicat ?

Non, viens, des fleurs ô la plus belle,
Viens ! Que le deuil soit écarté !
Que du trépas l'ombre éternelle
Recule devant ta beauté !

Quand l'hiver grondait, en furie,
J'ai dit, sur le point de périr :
» D'autres la verront refleurie ;
» D'autres la verront s'entr'ouvrir. »

Eh ! bien, ces beaux jours de l'année,

Je les sens revenus vers moi.

Ma course n'est point terminée,

Car je renais, auprès de toi.

Compositions Anthologiques.

I

La Jeune Fille et le Papillon.

Sur un Tableau de M. N. BOUCOIRAN, Conservateur du Musée de la Ville de Nîmes.

(Moralité.)

Au cristal d'un ruisseau, se mirait Octavie.
Un filet, suspendu, balançait ses appas.
Voilà qu'un papillon, le moins volage, hélas !
D'effleurer leurs contours eut l'indiscrète envie.

A demi soulevée, elle avance son bras.

L'audacieux est pris; mais son aile ravie

Quitte d'un frêle corps les tissus délicats.

Imprudent papillon! tu ne te doutais pas

Que la plus belle fleur dût te coûter la vie.

II.

La Jeune Malade.

oOOo

Ma mère, disait Berthe, hélas! de quel nuage,

   » Mes yeux viennent de se voiler?

» Quelle froide sueur a baigné mon visage?

» Je frissonne... Je sens mes paupières brûler...

» Le fuseau, de mes doigts, retombe, sans rouler...

 » Comment aurai-je le courage

 » D'entreprendre un pénible ouvrage,

 » Quand mon âme va s'envoler? »

III.

Les Maux du Corps et les Maux de l'Ame.

⁂

Ce malheureux disait : « Viens, secourable Hygie !

» Oppose à mes douleurs la plante de Phrygie !

» Que je sente ses sucs, dans mes veines errants ! »

La déesse a pris soin de ses membres souffrants.

Hélas ! les maux du corps éteints sous le Dyctame,

Ceux de l'âme, alors seuls, triomphent dévorants,
Et que sont ceux du corps, auprès de ceux de l'âme?

IV.

Le Gascon Latiniste.

※❋※

Certain gascon prêtait l'oreille
A certaine citation,
Disant qu'il savait à merveille
L'idiome de Cicéron

Quand il eut ouï le passage :

« Quelle signification

» Ont ces mots, dans leur assemblage ?

Dit-il, sans changer de visage,

» Faites-m'en l'explication ;

» Car le latin, dès mon jeune âge,

» A toujours fait ma passion. »

V

L'Interrogation : Comprenez-Vous?

Prise en Considération.

❦

QUAND, pour des choses sans problême,
Damis me dit : « Comprenez-vous?... »
Irai-je mettre en courroux?
Non, c'est chez lui candeur extrême.

Le moins intelligent de tous
Juge des autres par lui-même.

VI.

Offrande aux Nymphes.

(Étude Antique.)

Nymphes, qui défendez les troupeaux du ravage
    Des cruels loups de la forêts,
Faciles, agréez l'offrande de ce lait,
Qu'un humble chevrier de votre voisinage,

A trait de cette chèvre après le paturage.

　　　　Puisse toujours, quand, de ses feux,

L'Été vient dessécher la terre languissante,

D'une onde qui se suit et, de ce bord pierreux,

Roule, précipitée, et s'en va, blanchissante,

La sonore fraîcheur se répandre en ces lieux !

VII.

Songe pendant une Navigation de Nuit.

(1841).

Oui, sur le même banc, sous le même oranger,
Oui, c'est toi jeune fille et je revois encore
L'or de tes blonds cheveux, sous l'azur, se ranger.
La pourpre du couchant, de nouveau, te colore,

Et le monde disait que, froide en un cercueil,

Tu passais, d'un long somme, une nuit sans aurore !

Eh ! bien, déments le monde et fait cesser le deuil.

Oh ! comme à ton retour, des oiseaux, du zéphire,

Des rapides ruisseaux l'harmonieux accueil. . . .

Tout s'efface. . . . Le mer bat les flancs du navire.

VIII.

L'Or nuancé par l'Or.

Traduction du latin de Sannazar.

TÉLÉSILLE, avec l'or, nouait ses blonds cheveux.
Phébus rougit, rassemblant sa lumière :
« Voyez, dit-il aux habitants des cieux,

» Nuancer l'or par l'or. C'est passer, sur la terre,

» Le pouvoir des mortels et peut-être des dieux. »

Dùm nectit flavos auro Telesilla capillos,
   Contraxit radios Phœbus et erubuit.
Mox hœc ad superos : « En auro jungitur aurum :
» Hoc est mortales, hoc superare deos. »

IX.

L'Orage.

꧁꧂

Quel bruit éclate ? C'est l'orage.
Le jour diminue, en ces lieux.
L'éclair brille et fraie un passage
Au tonnerre tumultueux,

Dont le bruit, au loin, se partage.

D'ici j'aperçois jusqu'aux cieux

Voler dispersé, le feuillage,

Et, pendant ces longs sifflements,

Du jardin ployer, par moments,

Ou se débattre tout l'ombrage,

Sous mon toit, qu'assiégent les vents,

Entrez, ô filles de Mémoire.

Quiconque abrite votre gloire

Se rit de tous les éléments:

X.

Luc et Marc.

❧❧❧

Luc, jour et nuit, s'adonne à la lecture ;

Marc ne lit point et presque rien n'apprit.

Luc d'un vrai sot conserve la nature ;

De Marc on vante et le sens et l'esprit :

En mauvais champ, semence dépérit
Et bon terroir rapporte, sans culture.

XI.

A un Fabuliste.

⁂

J'AIME de Fables ta centaine ;
Mais, ne vas pas, de Lafontaine
Contrefesant les airs distraits,
Forcer ton maintien et tes traits.

Attends, pour chance plus certaine,

D'avoir et sa facile veine,

Et son génie et ses attraits.

XII.

Les Oiseaux.

⁂

Oiseaux qui, par vos chants si doux,
Louez l'auteur de la nature,
Dans ses œuvres complaisez-vous.
Votre vie innocente et pure
Vous en rend dignes plus que nous.

XIII.

La Fuite du Printemps.

⁘

Des saisons la plus belle a fui,
Et le Temps l'a bientôt ravie.
Patience , dans notre ennui ,
Car c'est des biens de cette vie
Le seul restitué par lui.

XIV.

Les Armes d'Achille.

(Anthologie Grecque).

La nuit, où de noires tempêtes
Bouleversaient les flots et, plus que les combats,
Perdaient les Grecs, tonnant sur leurs coupables têtes,
Abîmaient, dispersaient leurs vaisseaux en éclats,
Sur les bancs et les rocs aux ruisselantes crêtes,

La sombre mer blanchit soudain,

Recevant, dans son sein humide,

Les armes, dont Ulysse hérita d'Éacide,

Et non le brave Ajax, à soi-même inhumain.

Qui confondit les Grecs ? La mer. Ses flots fidèles,

A la tombe d'Ajax, l'un sur l'autre, écumeux,

S'en allèrent du fils des dieux

Jeter les armes immortelles.

Quand Ulysse pendoit, à l'abandon des flots,
La tempête reçut, en son giron humide,
Le boucler Péléan, large, pesant et gros,
Et mal séant au bras du couard Laertide :
Dont Ajax se tua, de soi-même homicide.
Mais la mer, qui garda plus justement les loix
Que les deux Atréans ni que tous les Grégeois,
De ses vagues poussa le boucler Éacide
Sur la tombe d'Ajax, non aux bords Itaquois.

RONSARD.

XV.

Gluck.

꧁꧂

Gluck, traversant le Styx, dans la barque des morts,
Déjà, pour les charmer, interroge sa lyre :
Caron soudain lui crié : « Apprends qu'au sombre empire,
» Les justes seuls ont droit à de si beaux accords. »

NOUVELLES

COMPOSITIONS ANTHOLOGIQUES

SUR

Quelques Monuments de Florence.

I.

Sur la Persée en Bronze

De Benvenuto CELLINI.

QUAND Persée, aux fureurs d'une attaque inutile,
Opposait, pour dernier rempart,
La tête de Méduse et son mortel regard,
Tout devenait ou marbre ou pierre vile.

Oh ! que Cellini fut habile !

Seul, sans Gorgone, il sut, par l'effort de son art,

Rendre Méduse vaine et Persée immobile.

II.

Sur le Grouppe, en Marbre, de l'Enlèvement
des Sabines,

De Jean de BOLOGNE.

JEAN me transporte au jour, où le jeune Romain,
De l'Hospitalité bravant la foi sacrée,
Enleva la Sabine à sa mère éplorée.
    Elle luttait, sous sa nerveuse main ;

Sur sa large poitrine, il l'exhausse soudain.

De calmer ses terreurs je le vois qui s'empresse.

Je l'entends, palpitant d'orgueil et de tendresse,

Lui dire : « C'est le ciel qui vous donne un époux.

    » Bannissez d'injustes allarmes.

  » Que ces yeux, qui du ciel invoquent le courroux,

  » Désormais essuyés, brillent de tous leurs charmes !

  » On aima votre mère : aimée, à votre tour,

  » Vous aurez un époux et connaîtrez l'amour. »

III.

Sur la Vénus de Cléomène,

Autrement dite : VÉNUS DE MÉDICIS.

Dans cette jeune fille, aux contours délicats,
De ses pudiques mains, protégeant ses appas,
    Et regardant, encor peu rassurée,
L'Océan, ce grand fleuve, autour d'elle, en repos,
Cléomène sculpta la beauté de Paphos.

Ainsi, sans vêtements, de ses charmes parée,
L'univers ébloui vit sortir Cythérée
 De l'azur transparent des flots.

IV.

Sur le Tableau des Parques,

De MICHEL-ANGE. (*)

Vois ces vieilles filer ; vois leur divinité

Majestueuse encor, sous les rides de l'âge.

Des cris, qu'éveille en nous la tendre Humanité,

·Dans trois expressions , vois la diversité.

(*) Différents distiques latins sont , à la même époque, sortis   de la plume de

D'un ange, de Michel, c'est le sublime ouvrage.

Ces Parques, aussitôt qu'il eut peint leur image,

Filèrent, en retour, son immortalité.

l'auteur. Ne voulant pas les mêler, avec les compositions françaises qu'on
vient de lire, il les joindra, ici, en note :

I.

Pour les courses de chars, à Florence, le jour de la fête de St-Jean-Baptiste,
sur la place de Sainte-Marie-Nouvelle.

> Dùm fugiunt, celeres, spectat Florentia currus :
> Alphenam credas quam modò cecropidam.

II.

Pour la Fontaine de la rue des SS.-Apôtres, surmontée du Bacchus en bronze,
de Baccio Bandinelli.

> Et me Bacchus amat; Bacchum nam sapè sequuntur
> Naïdes, optatum dantque refrigerium.

III.

Sur la Flore de Luc Jordan, peinte à fresque, dans une des corniches du
palais Ricardi.

(ipsa loquitur).

> Imber quæ nutrit, pingit sol, explicat aura,
> Plurima quam rident nomine dicta meo !

V.

SUR LA STATUE EN MARBRE, PAR MICHEL-ANGE :

David, vainqueur de Goliath.

Dans ce marbre inspiré, David, l'oint du Seigneur,
Doit au fier Michel-Ange une seconde vie.
La fronde est dans sa main. Son regard est vainqueur :
L'artiste a, par son art, su terrasser l'Envie.

RIMES

SUR DIFFÉRENTS SUJETS.

I.

Adieu à Rome.

(1836).

Rome, guerrière un jour, maintenant docte asile
De la féconde Paix et des nobles plaisirs ;
Capitole sublime et toujours immobile ;
Terre, où je vins puiser les plus grands souvenirs ;

Et toi , simple réduit , qui vis , après Virgile ,

Pétrarque , avec le Dante , occuper mes loisirs ;

Toi , clavier , dont l'ivoire , à mes rêves docile ,

Sous mes doigts , si longtemps , varia des soupirs ,

Bientôt... Quoi ? sentir Rome à mon âme ravie ,

Rome , qui , dans son sein , m'a fait aimer la vie ,

Rome qui , dans mon cœur , fut encor l'univers ?..

O départ impossible ! ô douleur devinée

Par celui dont la plume , un jour , traça ce vers :

« La Patrie est aux lieux où l'âme est enchaînée ! » (*)

(*) Vers de la tragédie de *Mahomet*, par Voltaire. Acte I. Scène 2.

II.

Avignon.

⁘

Avignon, tu charmais les jours de mon enfance,
Quand d'une aïeule, enfin, je revoyais les toits,
Et ce Rhône flattait, de ses sauvages voix,
L'enfant, nouveau venu des bords de la Durance.

D'où vient que, vers sa rive, attristé je m'avance ?

Son aspect est pourtant le même qu'autrefois.

Bords heureux, pardonnez, si, quand je vous revois,

L'ancien bonheur n'est plus que dans ma souvenance.

A l'âge, ou, de la vie hôtes encor nouveaux,

Entrevoyant ses biens, nous ignorons ses maux,

Ici, d'un jour serein je croyais voir l'aurore.

Beaux lieux, c'est vainement que je vois vos attraits.

Hélas ! pour les goûter, il me faudrait encore

Les charmes de ce temps, disparu pour jamais.

III.

Les Ages de la Vie.

⁕◉⁕

Comme des naufragés, rejetés sur la plage,
Nous tombons nus au monde. Aussitôt, par des pleurs,
Nous semblons pressentir ces maux, dont les rigueurs
Doivent nous encombrer ce hasardeux passage.

Le calme qui succède amène un prompt orage.

La jeunesse fait place à des songes trompeurs.

Ils fraudent nos désirs , n'apportant à nos cœurs

Qu'envie , inquiétude et misère en partage.

Vieux , tristesse , abandon , maladie au déclin

Nous chassent... C'en est fait ! Dans un exil sans fin ,

Nous fuyons , emportés sur la barque infernale.

Ah ! si du premier jour , tel est tout notre sort ,

Ton présent , cette vie , ô naissance fatale ,

N'est qu'un chemin maudit , conduisant à la mort !

IV.

Le Disciple sur la Mort du Maître.

⁂

Que le ciel à mes vers ouvre son sanctuaire !
Reçois-les, au séjour que la Foi t'a donné,
O cher maître, oui, la Foi puisée à ce Calvaire,
Où le Juste paya, pour l'homme condamné.

Ne viens point des hauteurs que le vrai jour éclaire.

Le nôtre, de la nuit, languit, environné.

Nous voyant redouter sa chaleur secondaire,

Tu sourirais d'un monde orgueilleux et borné.

Mais, libre des liens qui la tenaient captive,

Ton essence immortelle, en Dieu seul attentive,

Voit Christ t'associer aux élus de sa cour.

Compte-les. Tu verras, dans la joie infinie,

Celle, dont s'entretient mon filial amour,

Et toute ma tendresse à tes soins se confie.

V.

La Lampe.

≈◦◊◦≈

Le voyageur se plait, à la lune sereine.

Moi, je gémis, voyant son reflet argenté

De ma lampe déjà combattre la clarté

Et rendre, à chaque instant, ma douleur plus prochaine.

Ce livre, en ce moment, adoucissait ma peine.

J'entrevoyais déjà quelque tranquillité.

Compagne de mes nuits, peux-tu, sans cruauté,

N'offrir à mes regards la ligne qu'incertaine ?

Eclaire encor ma veille, un seul, un court moment.

Hélas ! du chanvre, en feu, mais, privé d'aliment,

Les débiles rayons, par degrés, s'obscurcissent.

Les voilà, quand, des yeux, attentif, je les suis,

Qui déclinent soudain, pétillent et finissent :

Mon âme reste seule, en proie à ses ennuis.

VI.

Attaque et Défense.

❀

Ce vers, passe ta force et coule d'autres veines.
— Vos poètes sont-ils gênés par des baillons?
Virgile s'écria, voyant, malgré ses peines,
Sa robe de Bathyle affubler les haillons:

« *Pour d'autres,* vous portez, blanches brebis, vos laines !

» *Pour d'autres,* vous dorez, abeilles, vos rayons !

» *Pour d'autres,* vous couvez, oiseaux, sur les vieux chênes!

» *Pour d'autres,* vous creusez, bœufs pesants, vos sillons! » [*]

C'est en la chérissant, qu'on arrive à la gloire. [3]

Trop vil, pour estimer une longue mémoire,

Si Virgile eut livré les fruits de son labeur,

Qu'aurait-il pu tracer qui ne fût méprisable ?

Lui ? chanter les héros ? Ah ! son nom, sans honneur,

Serait, aux bords des mers, oublié sous le sable.

---

[*] *Sic vos non vobis* nidificatis, aves.
Sic vos non vobis vellera fertis, aves.
Sic vos non vobis mellificatis, apas.
Sic vos non vobis fertis aratra, boves.

VII.

L'Ombre de Thémistocle aux Athéniens, en 1854.

∗∘❦∘∗

Une ombre, s'élançant du ténébreux rivage,
Vole aux Grecs, dans Athène, adresser ce discours :
« Du Scythe refusez le dangereux secours,
» Athéniens, sinon vient sur vous l'esclavage.

» O Grecs, de Thémistocle écoutez le langage.

» Pour combattre, attendez qu'on menace vos tours.

» Il est des ennemis, sans l'être pour toujours,

» Et le Perse lui-même honnora mon courage.

» Qu'espérez-vous?... Bysance! O peuple de Pallas,

» Ceux, qui vous conduisaient, autrefois, aux combats,

» Etaient les fils d'Athène et non pas de Bysance.

» Faites mieux. Rappelant votre antique fierté,

» Associez vos cœurs aux destins de la France :

» C'est ressaisir la Gloire et l'Immortalité. »

SONNET

EN LANGUE ITALIENNE.

L'Auteur, sur la Mort de sa Sœur Cadette.

Nè quando, al mattutin, veloci l'ore
Spargon di rose il dorso alle alte cime,
Vagar nel prato, intento a nuove rime,
O corre, in bel giardino, e ramo e fiore;

Nè del paëse, al pago abitatore
Si caro, ir per le valli ascose ed ime,
O, mentre ferve il raggio alto e sublime,
Cercar d'un bosco il solitario orrore;

Nè sgorgare il bel rio liquido argento
Mirar, per quest'erbosa e fresca riva,
In cui va l'uccellin perdendo i carmi,

Destare or può che'l mio mortal più viva,
Che di sorella il flebile lamento
Talora aviso e spesso d'udir parmi.

GALLUS

DIXIÈME ÉGLOGUE DE VIRGILE.

TRADUCTION LIBRE

EN VERS.

AVERTISSEMENT.

○

ETTE traduction est un de mes premiers essais. Je la fis à l'âge de dix-sept ans et ce fut dans l'automne de l'année 1822. J'en donnai immédiatement une copie au respectable Joseph Topin, versificateur latin distingué, latiniste savant et ecclésiastique aussi pieux qu'éclairé. Je la revis en 1838, et la fis, pour la première fois, imprimer à Marseille, de l'imprimerie Marius Olive, mais ce fut en très petit nombre d'exemplaires, destinés tous à être donnés. En 1845 et 1846, elle parut dans deux recueils, avec de nouveaux changements, et je le donne ici, retouchée, pour la troisième fois et la dernière.

Je me suis écarté du système de traduction suivi de nos jours, système, dont tout le mérite est, au risque d'affaiblir le sens, de ne dépasser que le moins possible le nombre des mots du texte et d'aligner, comme au cordeau, les vers de la traduction avec ceux de l'original. Dût-on m'accuser de prolixité, j'ai pris toute l'étendue qui m'a été nécessaire pour rendre moins les mots que les sentiments de Virgile. Ce n'est pas qu'un traducteur doive s'étendre jusqu'à se livrer à sa propre imagination et joindre aux idées du poète qu'il traduit, celles qui lui sont particulières. Alors ce n'est pas seulement lui être infidèle, mais risquer de l'altérer. C'est aussi ce qui est arrivé au traducteur de Virgile, Annibal Caro. Il traduit avec l'imagination férique de l'Arioste, les vers aussi simples qu'énergiques qui peignent la commotion causée, devant Troie, au

cheval de bois, par le javelot que Laocoon vient de lui
lancer :

> Sic fatus, validis ingentem viribus hastam,
> In latus, inque feri curvum compagibus alvum
> Contorsit : stetil illa tremens, uteroque recusso,
> Insonuere cavæ gemitumque dedère cavernæ.

« Ayant ainsi parlé, il lança, avec vigueur, dans le côté du cheval, une
» énorme javeline qui pénétra dans la charpente arrondie de ses flancs. Elle
» s'y retint tremblante et, à la secousse que le ventre éprouva, ses profondes
» cavités retentirent et firent entendre un gémissement. »

Dans la traduction italienne, vous voyez le cheval
de bois se cabrer et caracoler, comme par enchante-
ment.

> Ciò detto, con gran forza, una grand' asta
> Aventogli e colpillo ove tremante,
> Stette altamente infrà due coste infissa ;
> E'l destrier, comme fosse e vivo e fiero,
> Fieramente da spron punto cotale,
> Si storcè, si crollò : tonògli il ventre
> E rintonar le sue cave caverne.

« Cela dit, il lui envoya, avec une grande force, une grande javeline et
» l'atteignit, entre deux côtes, où profondément enfoncée, elle se retint trem-
» blante, et le cheval, comme s'il eut été vivant et terrible, terriblement
» piqué par un tel éperon, se cabra et caracola. Le ventre lui retentît et ce
» retentissement fut prolongé par ses cavités profondes. »

Mais, en donnant dans l'excès contraire, on ne dit rien ou presque rien, où le poète dit beaucoup, heureux si l'on ne donne point à la pensée que l'on veut traduire un caractère qui lui est opposé. Ainsi, par exemple, dans ce distique de Catulle :

AD LESBIAM.

Odi e amo quare id faciam fortassè requiris :
Nescio, sed fieri sentio et excrucior.

« Je hais et j'aime. Tu cherches peut-être pourquoi j'agis de la sorte : je ne
» sais, mais je sens qu'il en est ainsi et je suis au supplice. »

Tout ce que ce distique contient ne saurait être compris dans deux vers de notre langue ; c'est pourquoi, voulant le traduire, je suis obligé de le rendre par le sixain que voici :

A LESBIE.

J'aime et je hais. L'étonnement,
Dans tes yeux et dans ton sourire,
M'interroge et semble me dire :
Pourquoi ce double sentiment ?
Je ne sais, mais, de ce tourment
Je souffre autant que je soupire.

C'est ainsi que, dans quelques endroits, j'ai traduit la dixième églogue des Bucoliques de Virgile, persuadé plus que jamais, en traduisant ce prince des poètes, de la vérité que je viens d'énoncer.

GALLUS

Églogue X des Bucoliques de Virgile.

* * *

Encor ce dernier chant, indulgente Aréthuse !
Dicte, pour mon Gallus, peu de vers à ma muse ;
Mais, lus de Lycoris, oui, d'elles-mêmes lus.
Et qui refuserait de chanter pour Gallus ?
Aussi puisse toujours, sans que Doris l'altère,
Ton onde, sous nos flots, courir, pure et légère !

Viens, commence. A ta voix j'accorderai mes sons.

Laissant la chèvre, en paix, se suspendre aux buissons,

Rappelons de Gallus et l'amour et les larmes.

Au dernier de mes airs prêtant le plus doux charme,

Ne crois pas que nos chants soient perdus dans ce bois :

Il entend les pasteurs et répond à leurs voix.

Quels lieux vous possédaient, Nayades? Sous quelle ombre,

Égariez-vous vos pas, quand, plein d'un chagrin sombre,

Gallus dépérissait d'un indigne tourment?

Rien n'exigeait vos soins, dans ce triste moment,

Sur le double sommet, d'où, bruyante et rapide,

Descend, à flots nombreux, la source Aganippide.

Les buissons, les lauriers, tout pleurait sur Gallus.

Du froid Lycée, encor, les rocs se sont émus.

Les pins, dont le Ménale a sa cîme couverte,

Ont gémi de le voir, sous la roche déserte,

Étendu sur la pierre et, baigné de ses pleurs,

Lasser l'écho lointain du cri de ses douleurs.

Des brebis l'entouraient et semblaient attendries.

O poète divin, de ces brebis chéries

Gardons-nous de rougir. Des mortels le plus beau,

Adonis vers le fleuve a conduit un troupeau.

Le maître vint lui-même: Aux cris qu'ils entendirent,

Vers toi, les lents bouviers, comme lui, se rendirent.

Tout humide des glands, Ménalque vint du bois.

Ils t'interrogent tous d'une commune voix.

Apollon vint : «Gallus, pourquoi ces plaintes vaines ?»

Dit-il. «Ta Lycoris, dans les neiges lointaines,

« Dans les camps, près d'un autre, affronte le danger.»

Sylvain, dieu des pasteurs, vint, près d'eux, se ranger,

Et, debout sur son front, les beaux lis des prairies

Heurtaient légèrement les férules fleuries.

Dieu des Arcadiens, Pan vint; nous l'avons vu

De mures coloré ; nous l'avons entendu :

« Tes plaintes, disait-il, seront donc éternelles,

» Infortuné ? l'Amour n'est point ému par elles.

» Non, l'Amour n'est jamais rassasié de pleurs,

» La chèvre de feuillage et l'abeille de fleurs. »

Mais lui, triste : « Pasteurs de l'heureuse Arcadie, »

Leur dit-il, « votre rare et docte mélodie

» A vos monts peut l'apprendre. Oh ! quand viendra ce jour

» Où, sur vos doux pipaux, vous plaindrez mon amour ?

» Que mes restes, alors, reposeront tranquilles !

» Que n'ai-je, parmi vous, dans ces vallons fertiles,

» Foulé la grappe mûre, ou bien vécu pasteur !

» C'est chez vous que j'aurais rencontré le bonheur.

» Parmi ces tendres prés, ce bois et ces fontaines,

» Lycoris, oui, nos jours fuiraient, exempts de peines.

» Malheureuse ! en des lieux, séjour du cruel Mars,

» Près de fiers ennemis, dans de sanglants hasards,

» Un fol amour t'engage, et la douce Patrie

» N'a pu, par son attrait, fléchir ta barbarie !

» Au loin aventurée, ah ! j'en suis donc certain,

» Tu connais les frimats des Alpes et du Rhin,

» Sans moi, demeuré seul et baigné de mes larmes !

» Que ces frimats cruels n'altèrent point tes charmes !

» Que du glaçon rompu les dangereux éclats

» Cèdent, sans les blesser, à tes pieds délicats !

» Allons ! que désormais ma flûte vous répète ,

» Chants de Chalcys : pour moi composa son poète.

» Vastes forêts, déserts, farouches animaux ,

» Je vous cherche : vous seuls convenez à mes maux.

» Aux antres, aux rochers je veux les faire entendre.

» Ma main les gravera sur l'écorce encor tendre

» Des arbrisseaux, naissant dans ces sauvages lieux.

» Ils croîtront : mes amours, vous croîtrez avec eux.

» Je joindrai cependant les Nymphes, au Ménale.

» Oui, je veux, dévançant l'aurore matinale,

» D'une meute entourer ces antiques forêts.

» De la chasse déjà j'ordonne les apprêts.

» Il me semble , échappant à l'ennui qui me ronge,

» Que, là, malgré les froids , je vais , gravis , replonge,

» Lance au fier sanglier mes traits obéissants,

» On l'affronte et l'abats sous les pins mugissants,

» Là, j'oublirai mes soins... Que sais-je, enfin ? Peut-être

» L'Amour aura pitié des maux qu'il a fait naître.

» Vain espoir ! De l'Amour, ce cœur, gardant le trait,

» Par les Nymphes des bois n'est déjà plus distrait,

» Par les airs d'une flûte. Adieu, retraites vaines,

» Forêts, où j'avais cru pouvoir finir mes peines !

» Et comment fuir un dieu qui s'attache à mes pas ?

» Si j'allais, m'éloignant, vivre sous les frimats,

» Et, de neiges couvert, des mains brisant la glace,

» Transi, puiser dans l'Hèbre, aux confins de la Thrace;

» Si, l'Été désséchant la vigne sur l'ormeau,

» De l'Ethiopien je paissais le troupeau,

» Mortel, de vaincre un dieu je n'aurais pas la gloire.

» Tout se rend à l'Amour : à lui donc la victoire. »

C'est assez, doctes Sœurs. Sur un siége écarté,

Muses, assez longtemps votre élève a chanté.

D'un rien que je compose, en tressant ma corbeille,

Vous ferez à Gallus une grande merveille,

A Gallus, pour lequel, ma tendresse, à son tour,

Augmente, d'heure en heure, et croît, de jour en jour,

Autant qu'après l'hiver, l'aulne, dans le bocage,

Monte et confie au ciel un timide feuillage.

Levons-nous. La nuit vient. L'ombre humide des nuits

Est funeste aux chanteurs, comme aux précoces fruits.

Du genièvre surtout, chanteurs, redoutez l'ombre.

Chèvres, ainsi quittez ce bois déjà plus sombre

Et ces buissons, par vous assez longtemps foulés.

Hespérus vient : partons. Allez, chèvres, allez.

MÉLANGES.

I.

La mort du Moineau de Lesbie.

TRADUCTION DE CATULLE.

Lugete, ô veneres cupidinesque.

Qu'aux Grâces, qu'aux amours en pleurs,
Tout ce qui naît d'aimable unisse ses douleurs !
Il est mort, le moineau de ma chère Lesbie,
Le moineau qui fesait le bonheur de sa vie,

Et qu'elle aimait plus que ses yeux ;

Qui voltigeait, sur sa belle maîtresse ,

Et venait, piolant , mériter sa tendresse.

C'était un charme. Un enfant n'eut pas mieux

Connu sa mère, à sa douce caresse.

Et voilà que l'air ténébreux

Contraint son vol, sous l'infernale voûte.

Il poursuit tristement sa route....

Il ne reverra plus les cieux.

Divinités d'un gouffre avare

De ce que perd le monde et d'aimable et de rare ,

Fallait-il qu'un moineau , rare entre les moineaux,

Tombat , sous vos jalouses armes ?

Entends, infortuné , loin des bords infernaux ,

Ta maîtresse gémir. Vois ses yeux pleins de larmes

Et la tendre rougeur dont se couvrent leurs charmes :

C'est toi qui causes tant de maux.

II.

La Provence.

(Peinture Allégorique

La Provence ! c'est elle et jamais le pinceau
N'étonna mes regards d'un si riche tableau.
Amour des immortels, déesse fortunée,
L'olivier, sur les fleurs, dont sa tête est ornée,

Flotte, les argentant. Les fiers tyrans des airs ,
A sa gauche, contraints de respecter les mers ,
Des chaînes, hors Zéphir, sentent la violence.
L'urne du froid Verseau tarit , en sa présence.
Cependant qu'avec joie, elle voit le soleil
Ne quitter qu'à regret , un horizon vermeil ,
L'Eté, chargé d'épis, mène à ses pieds l'Automne
Dépouiller, en riant , l'ambre de sa couronne.
Là , heurte la Durance, aux flots capricieux.
Ici , passe un ruisseau , qui réfléchit les cieux ,
Et , jadis , ombragé des palmes de la gloire,
A promené des flots, rougis par la victoire. (*)
Le Rhône qui , modeste en s'écoulant des monts ,
De la Gaule, bientôt , menace les vallons ,
Roule, devant ce trône , une eau respectueuse.
La déesse y commande et sourit , orgueilleuse,
Sentant les éléments, rassemblés sous ses lois ,
Obéir tour à tour et servir à la fois.

(*) C'est la rivière de l'Arc , à peu de distance d'Aix. Voyez , à ce sujet,
Plutarque, dans la vie de Marius.

III.

La Coupe.

IDYLLE.

Avant que de Bacchus, du père de la joie,
L'ivresse, à cette table, en bons mots se déploie,
Bergers, voyez ma coupe et jugez de son prix.

Comaris, de l'Etna, la blonde Comaris,

A mon seuil, est venue, au lever de l'aurore.

Cette coupe, en ses mains, était plus belle encore.

Bientôt, en rougissant : Généreux Tyopas,

« Si le jour qui paraît, vers toi, guide mes pas, »

Dit-elle, « c'est qu'hier, à l'orphelin propice,

» Ton courage sauva, des bords d'un précipice,

» L'enfant qu'avait sa chèvre, en fuyant, emporté.

» D'un bienfait, par lequel un frère m'est resté,

» Voici le souvenir et non la récompense. »

Elle entre, la dépose et s'éloigne en silence.

Quelle beauté plus rare et quel plus noble cœur !

Oui, les dieux ne pouvaient que faire son bonheur,

En lui donnant Daphnis, époux tendre et fidèle,

Aussi bon qu'elle est bonne, aussi beau qu'elle est belle.

IV.

L'ARTÉMISIE

ou

La Fête de Diane, à Syracuse.

IDYLLE.

De Diane avait lieu la fête solennelle.

Clinias et Myrto ; cette épouse nouvelle,

Qui , prévenant l'aurore, avait , d'un doigt soigneux ,

Sous le lierre grimpant ; rangé ses blonds cheveux , (4)]

Sortirent, les premiers, pour se rendre à la ville.

Le soleil se levait. La campagne stérile

Montrait ses arbres nus, car déjà les brouillards,

Devant leurs pas, fuyaient, sur la bruyère épars.

Un vieillard des faubourgs les aperçut, à peine :

« Que propice vous soit le dieu qui vous amène ! »

Dit-il. « Vivez, jeunesse, et vous réjouissez. »

Ils arrivent tous deux, haletants, oppressés :

« Voici, dit Clinias, la porte d'Aréthuse.

» Ne suivons pas en vain les murs de Syracuse.

» Cet enclos, surmonté de rameaux encor verts,

» Myrto, contient des jeux, des pas et des concerts.

» J'entends la double flûte. Oui, c'est bien le son rare

» Dont va s'accompagnant le son vif et barbare. » (5)

Ils s'y rendent en hâte. Hélas ! point d'instruments,

Point de danse et de jeux. Partout, jouet des vents,

La feuille, que perdit la branche dépouillée,

Va, revient, avec bruit rasant l'herbe mouillée,

Et cet enclos, témoin d'inutiles regrets,
Leur découvre une tombe, aux pieds de deux cyprès.

Muets, à cet aspect, ils s'approchent, ensemble.
Bientôt, lisant deux noms que le marbre rassemble,
Myrto laisse voler ces accents douloureux :
« Ami, sommes-nous sûrs d'être longtemps heureux ?
» Ces époux, dont bientôt s'acheva la carrière,
» Auxquels, tous les printemps, petite, avec ma mère,
» J'apportais, dans l'osier, le laitage durci,
» Vois, ô mon Clinias, leur demeure est ici.
» Vertueux Acontas et charmante Myrinne,
» Le fléau, qui nous vint de la triste Messine,
» Vous prit, dans une nuit, et l'aube, en ce tombeau,
» Vit du plus chaste hymen s'éteindre le flambeau.
» Vous, les amis du pauvre, à son humble prière
» Ne refusant jamais la porte hospitalière,
» Vous mourir ! Ah ! combien cette nuit, où la Mort,
» Sans pitié pour votre âge, éteignit votre sort,

» Fut diverse de celle , où des chants d'Hyménée

» Semblaient vous présager une autre destinée !

» Dans ces cruels moments , quels furent vos adieux ? »

Des larmes , à ces mots , inondèrent ses yeux :

« Myrto , dit Clinias , plus belle est une vie ,

» Et plus l'horrible Mort la voit avec envie.

» Les vertus , cependant , triomphent de ses coups ,

» Et, quand sa faulx cruelle a frappé ces époux,

» L'Elysée a reçu leur blanche destinée.

» Mânes , soyez en paix. Votre sainte journée

» Nous verra, vous porter , dans son deuil solennel ,

» Avec un lait récent, deux blonds rayons de miel.

» Oh! puisse, époux si bons, si pieux et si tendres,

» La terre, dans ce lieu , ne peser à vos cendres ! »

Et le couple au hameau revint , silencieux ,

Laissant à Syracuse et la joie et les jeux.

V.

Sur la Mort de Cimarosa,

Célèbre Compositeur de Musique.

SONNET TRADUIT DE L'ITALIEN. (*)

(Naples , 6 Octobre 1854).

Celle, que la douleur, près d'une urne adorée,

Sur les pas d'un époux, conduisit au tombeau,

Vit son chantre passer, dans ce bois toujours beau,

Où la joie et la paix comblent l'âme enivrée :

(*) C'est à Naples, que, dans l'automne de 1834, en traversant la rue de Tolède, je trouvai, dans un étalage, et, sur un papier que le temps avait jauni, les paroles italiennes de ce sonnet, avec la musique. Après l'avoir lu, je le jugeai assez bon, pour valoir la peine d'être traduit.

« Cimarosa, dit-elle à cette ombre entourée

D'autres qui la suivaient sous un riant berceau,

» Tu n'a point terminé ce chef-d'œuvre nouveau,

» Où ma peine revit, dans tes chants célébrée. »

Il lui répond, alors, par des sons ravissants.

D'Artémise, étonnée à ses tendres accents,

L'infortune gémit, sur la lyre immortelle.

O pouvoir de son art, maître à jamais des cœurs !

Il chantait et, bientôt, pour l'épouse fidèle,

Disparut l'Elysée et revinrent les pleurs.

VI.

La Mort de Judas.

(Idée prise de GIANNI).

Judas, au nœud fatal, où ses mains l'exhaussèrent,
A peine épouvantait un solitaire lieu',
Qu'au règne étincelant des remords et du feu,
Les songes de la mort, d'avance, le placèrent.

Deux infernales mains, en cercle, le lancèrent.

La douleur répondit à ce funeste jeu.

Comme en proie à l'ardeur du sol haï de Dieu,

La chair, les nerfs souffrants, les os le délaissèrent.

L'âme descend, tremblante, et l'ange du tourment

Se présente aussitôt, sans que, pour ce moment,

Une ride d'orgueil à son front soit restée.

Il attire, en ses bras, Judas saisi d'horreur,

Et, posant, sur sa lèvre, une bouche empestée,

Il lui rend le baiser qu'a reçu le Sauveur.]

VII.

Sur le Massacre des Innocents.

Traduction libre du latin d'Aurèle Prudence.

Salut, fleurs des Martyrs, ô fleurs à peine écloses,
Que, poursuivant le Christ, un farouche tyran
A la terre enleva, comme le sombre autan
Enlève les naissantes roses !

Chers enfants , qui , pour Christ , mourûtes les premiers ,

Troupeau naissant , tombé sous des bras meurtriers ,

    Oui , c'est bien vous. Ceints de robes brillantes ,

    Vous consacrez à vos candides jeux

Les couronnes, qu'un soir , vous reçûtes , aux cieux ,

    Et vos palmes encor sanglantes.

VIII.

Vision.

Vers composés par l'Auteur, dans les moments critiques
d'une maladie grave.

(Janvier 1854).

C'est l'Épouse du Christ ! Oui, ses voiles sacrés,
Sur le croissant des nuits, blanchissent, éclairés,
Et son front, sans nuage, étincelle de gloire.
C'est elle, oui, c'est l'Église ! et mille flots vainqueurs

Accourent, refoulant au rocher des douleurs

Mon frêle esquif, en proie à leur sombre victoire.

Mais du phare je vois les rayons conducteurs.

O Christ, venu tarir la source de nos pleurs,

O seul phare, élevé sur cette mer immense,

Verbe, pour nous, fait chair et, dans tes profondeurs,

De la première aurore ayant vu les splendeurs,

Tu parais, l'ombre fuit, la lumière commence,

Et ton sang, sur la terre, a payé nos erreurs :

Qu'en toi, ma foi retrouve un gage de clémence !

IX.

Le Bien et le Mal.

(Écrit à Marseille, durant l'Épidémie de 1854).

Grand Dieu, lorsque ta voix, peuplant l'immensité,
Créa de l'Univers et l'ordre et la beauté,
La Révolte cessa, de ton trône bannie.
Non, le Mal par le Bien ne fut point enfanté ;

Mais, quand, pour nos forfaits, ton amour nous châtie,

C'est en laissant au Mal un pouvoir limité.

Trahi par ses fureurs, l'ange, au souffle empesté,

Refoulera, vers toi, ce monde qui t'oublie.

FIN DES MÉLANGES ET DES DIVERSES POÉSIES.

NOTES.

NOTE 1.

Iô ! Fils de Sémèle.

Cette première exclamation se trouve fréquemment chez les
poètes anciens. Il est à croire qu'elle n'était qu'un appel prolongé, au moyen de l'ò grave, que le redoublement *i* servait
à renforcer. Les Latins prirent des Grecs son emploi, en poésie,
et ne s'en servirent, à leur exemple, que comme de l'onoma-
topée d'un appel éloigné.

Dans l'épithalame de Manlius et Junie, composé par Catulle,
ce cri cherche à se faire entendre du dieu d'Hyménée, qui est
censé habiter l'Olympe : *Io Hymen Hymenæ io, Io Hymen
Hymenæ !*

Dans Virgile, au septième livre de l'Énéide, Amate, en proie
au paroxisme de sa frénésie, s'en sert pour appeler à elle les
mères du Latium, celles mêmes qui ne sont pas présentes,
comme ses paroles l'indiquent assez : *Io, [matres, audite, ubi-*
quæque, Latinæ !

Dans Ovide, au troisième livre des métamorphoses, Agavë
appelle ses sœurs, au mont Cythéron, par le même cri : *Io*
geminæ, clamavit, adeste, sorores !

J'ai suivi, dans la manière d'écrire ce mot, l'orthographe de
Ronsard, qui, par le son prolongé de la seconde voyelle, est
d'une analogie parfaite avec le grec. Le volume de la voix doit
porter sur l'*ò* qu'il prolonge, tandis qu'il doit laisser l'*i* presque
insensible, en passant dessus rapidement.

NOTE 2.

» . . . . C'est passer, sur la terre,
» Le pouvoir des mortels et peut-être des Dieux. »

Cette particularité doit être considérée ici comme un archaïsme, car c'est en spécifiant des cheveux blonds, que les anciens et surtout les Grecs désignaient la beauté. Ces derniers, comme tous les Orientaux, ont toujours fait autant de cas de la couleur blonde des cheveux, que les Septentrionaux de l'absence, chez eux, de toutes couleurs; les premiers, à cause de la rareté d'une blonde chevelure, sous un soleil ardent ; les seconds, d'une chevelure noire, sous un soleil rare et tempéré.

Leggiadria singolare e peregrina.

PETRARCA.

Il n'est pas moins vrai que si des cheveux blonds offrent une comparaison brillante, avec l'or, leur couleur une fois présentée

à l'esprit du lecteur, il est difficile, je dirai même impossible,
de joindre à cette image et d'y faire ressortir les accessoires
les plus brillants et les plus nobles. La Poésie et la Peinture
ont dû s'en ressentir également ; car, si la seconde s'adresse
aux yeux, pour parler à l'intelligence ; la première, pour s'en
faire entendre, ne s'adresse pas seulement à l'oreille, comme
langage, mais à l'esprit, comme peinture, à l'aide du souvenir.
Fra Angélico, dans le chef-d'œuvre qu'on admire de lui, à
Florence, s'est vu obligé d'entourer les blondes têtes des anges,
de bandelettes, glacées en véritable or. C'était, hors des li-
mites de l'Art, en avouer l'impuissance Le Virgile de la poésie
latine moderne, Sannazar paraît en faire l'aveu poétique, dans
la petite pièce qui a donné lieu à cette note ; mais ce qui prouve
l'avantage de la poésie, c'est que lorsque l'Art vient à manquer,
le poète chante sa défaite où le peintre laisse tomber son
pinceau.

NOTE 3.

C'est en la chérissant qu'on arrive à la gloire.

Lorsque ce sonnet, composé en 1843, parut, deux ans plus tard, dans un recueil, l'apostrophe du commencement indiquait le pluriel, et le vers qu'on vient de lire et par lequel débute le premier tercet, n'avait point encore remplacé celui-ci :

C'est moi qui fit ces vers : un autre en eut la gloire.

Ce dernier achevait la citation de Virgile et était la traduction d'un vers que le grammairien Donat ne sépare point des quatre que j'ai traduit :

Hos ego versiculos feci : tulit alter honorem.

Il aurait été difficile d'avoir plus de bonheur ; mais ce sonnet, offrant, alors, deux suspensions, l'une à la fin du second quatrain, l'autre, à la fin du premier tercet, il a fallu faire le

sacrifice de ce vers et le remplacer, non sans beaucoup de peine,
par celui qu'on lit présentement.

Dans ce sonnet, l'auteur met en scène un mauvais poète
auquel on conteste, vu son peu de talent, un bon vers qui lui
est échappé, par hasard. Il flétrit, par des raisons vraies et de
la manière la plus outrageante, ce faiseur qu'on lui suppose et
prouve ainsi qu'il ne saurait exister. L'intervention du per-
sonnage de Virgile n'est là que pour amener la beauté poétique
du : « *Sic vos non vobis* » et établir un terme hyperbolique de
comparaison : *Extrà fidem, non extrà modum.* Quintil.

NOTE 4.

. . . . , cette épouse nouvelle
Qui, prévenant l'aurore, avait, d'un doigt soigneux,
Sous le lierre grimpant, rangé ses blonds cheveux....

Tout le monde sait, par cœur, ces vers de Boileau, qui commencent le second chant de l'Art poétique :

Telle qu'une bergère, au plus beau jour de fête,
De superbes rubis ne charge point sa tête,
Et, sans mêler à l'or l'éclat des diamants,
Cueille, en un champ voisin, ses plus beaux ornements,
Telle, aimable en son air, mais humble dans son style,
Doit éclater, sans pompe, une élégante Idylle.

En travaillant dans un genre remarquable par les vers et la prose des plus beaux génies qui l'ont cultivé, mais qui cherche

encore sa perfection en lui-même, il m'a semblé qu'on ne saurait
la lui donner, sans une étude particulière de la campagne et de
ses habitants. Théocrite et Virgile avaient vu et étudié, étant
jeunes, ces bergers qui, dans leurs vers, parlent déjà d'une
manière naturelle. Qu'est-il arrivé aux bucoliastes de nos jours?
Ils n'ont pu, faute de cette étude, éviter ou de donner aux habitants de la campagne, les mœurs de la ville, ou d'en faire des
êtres surnaturels, en ne leur donnant que des vertus. L'utilité
du genre est dès-lors manquée; car, qu'y-a-t-il, dans le premier
cas, de profitable au spectacle des champs, si l'homme ne s'y
montre pas meilleur que dans nos cités, et, dans le second, quel
est celui qui songerait à réformer son moral, d'après un idéal
impossible ?

Au contraire, si vous étudiez les mœurs de ces bergers que
vous voulez peindre; si vous saisissez, dans la nature, ce qu'elle
offre chez eux d'estimable, vous pourrez donner au genre l'im-
portance qui lui manque et que le génie même n'a su lui donner.
Mais cette étude ne saurait avoir lieu que par soi-même et loin
des lieux qu'on habite. L'observateur, confondu avec les habitants d'un village et vivant comme eux, saisirait le récit d'une
action vertueuse, un propos rempli de sagesse, un langage naïf,
avec la même attention que met le peintre à saisir, sur le moment, l'expression de la physionomie. Enfin, ayant à peindre
de vrais bergers, il aurait recours au costume antique, qui, le
plus favorable à la beauté des formes, a le don, par cela même,
de tout ennoblir.

Tels sont les principes dans lesquels je traçai, il y a plusieurs
années, la première composition de ces idylles. J'avais vu, au
printemps de l'année 1836, les habitants de ces belles campagnes, qui sont entre Castel-Gandolfe et la Riccia, en de-çà
des ruines d'Albe-la-Longue. Ce qui peut sembler une exagéra-
ration de ma part et pourtant être vérifié par ceux de nos

Français qui seront à même de connaître ces bonnes gens, c'est que le ton qui règne, dans leurs chaumières, est l'équivalent de celui que j'ai pris dans mes vers. On trouvera, chez eux, des actions du genre de celle qui fait le sujet du premier de ces poèmes, et si j'en ai transporté la scène dans l'antique Sicile, c'est un hommage que l'Idylle devait à la patrie de ses inventeurs.

NOTE 5.

.... J'entends la double flûte.

En Sicile, on dansait, aux sons de la flûte : Théophraste, cité par Athénée, nous apprend qu'un joueur de flûte Sicilien, nommé Andron, natif de Catane, fut le premier qui imagina d'accompagner les pas de la danse des sons de cet instrument. Si l'usage ne s'en était pas continué, Théophraste en aurait-il rappelé l'inventeur ? Comme la double flûte était consacrée ; non-seulement aux solennités religieuses, mais encore aux réjouissances publiques qui avaient lieu en l'honneur de quelque divinité, dans les danses qui en faisaient partie, comme dans celles de la fête dont il est question, il ne pouvait s'agir que de celle-ci.

NOTE 6.

« . . . . . . Ne peser à vos cendres ! »

    Les anciens, en souhaitant aux morts un repos éternel, dans leurs urnes, leur souhaitaient pareillement la terre légère, et en petite quantité pour les couvrir.

    L'origine de ce souhait est dans leur croyance que le regret de la vie suivait les morts jusques dans les Champs-Elysées, et qu'ainsi, moins la terre pesait sur eux, plus ils la perçaient facilement pour revenir dans ce monde et se consoler quelques instants, en revoyant ce qu'ils y avaient laissé de plus cher. Quelquefois les parents portant cette superstition à l'extrême, allaient jusqu'à ne recouvrir le mort que d'une faible couche de

terre, ce qui donnait une pleine facilité aux voleurs de nuit de
s'emparer, dans la tombe du nouveau défunt, des objets pré-
cieux qu'on y avait déposés et, ce qui, dans la croyance antique,
était pour lui le plus grand des malheurs, du gâteau et de la pièce
d'or, l'un destiné à Cerbère et l'autre à Caron. C'était, selon
elle, le priver des fins heureuses d'une autre vie.

Aujourd'hui, les mains qui, ouvrant leurs tombes, ravissent
leurs urnes, vont plus loin et ne respectent pas leurs cendres.
Lorsqu'ils ne sont pas dispersés au loin, ces débris d'ossements,
qu'un jour la flamme du bûcher funèbre épargna, sont conservés
pour transparaître, dans celles de ces urnes qui, de cristal, ont le
plus de valeur. Exposés bientôt dans un magasin, ils attendent
de la curiosité des hommes, quelquefois même de leur fantaisie
passagère, la sauve-garde qu'ils n'auront plus de leur piété.
Voilà le spectacle auquel j'ai assisté, dans Rome même. Quoi?
les débris d'un crâne, siége d'une pensée qui, peut-être, a mé-
dité avec Platon, ou s'est indignée avec Tacite; les débris d'une
poitrine qui protégeait peut-être le cœur d'un bon père, d'un
bon fils, d'un citoyen dévoué à la Patrie, ou dans laquelle aura
palpité celui de la meilleure mère, de la fille la plus tendre, de
la plus pieuse sœur, de la plus digne épouse, de tels débris
doivent-ils, comme ceux des vils animaux, être dispersés dans
la campagne? Doivent-ils, avec l'urne, être exposés à l'enchère,
afin de captiver l'imagination d'un acquéreur et, après qu'il aura
acquis et payé le tout ensemble, passer, avec celle-ci, à un
héritier ignorant qui, voulant l'utiliser, commencera par jeter
ce qu'elle contient?

Je sais que l'étude, ne troublant plus un ordre de choses qui
a cessé d'exister, peut, dans l'intérêt de la science, s'emparer
de ces urnes; mais, ce pouvoir ne saurait s'étendre jusqu'à la
profanation des tombeaux. Qu'on rende donc ces morts dépouillés

à la terre! Qu'on les rende à ce dernier asile de l'Humanité!
Ils furent des hommes, avant que d'être des païens, et leurs
débris appartiennent à cette créature de Dieu, qui, la dernière
émanée, fut, après les anges, le plus beau de ses ouvrages.

FIN.

N. B. Il existe des poésies, dont quelques-unes ont paru dans plusieurs recueils académiques, sous le même nom de famille et sans prénom; elles sont du père de l'auteur. Le premier, peu de temps avant sa mort, a fait don dans un manuscrit qui les contenait, tant de celles qui avaient paru que de celles qui étaient inédites, à M. le baron de Lachadenède, dont elles sont aujourd'hui la propriété.

ERRATA.

Page 12, à la 6e ligne, au lieu de : *ou bien plutôt*, lisez : *ou, bien plutôt*.

Page 20, à la 6e ligne, au lieu de : (1836), lisez : (1835).

Page 54, à la 5e ligne, au lieu de : *hœc*, lisez : *hœc*.

Page 92, à la 12e ligne, au lieu de : *aves*, lisez : *oves*. Ibid. à la 13e ligne, au lieu de : *apas*, lisez : *apes*.

Page 100, à la 4e ligne, au lieu de : *et je le donne*, lisez : *et je la donne*.

Page 101, à la 5e ligne, au lieu de : *stetil*, lisez : *stetit*.

Page 126, à la 7e ligne, au lieu de : *sur la lyre immortelle*, lisez : *sur sa lyre immortelle*.

TABLE DES MATIÈRES.

MÉLANGES.

NOTES.

FIN DE LA TABLE DES MATIÈRES.

MARSEILLE.— Imprimerie Civile et Militaire de JOSEPH CLAPPIER, rue Saint-Ferréol, 27.

DIVERSES POÉSIES

MARSEILLE
Imprim. civile et militaire de J. Clappier
Rue Saint-Ferréol, 27.